밤의 귀 낮의 입술

모악시인선 7

밤의 귀 낮의 입술

하기정

모악

시인의 말

아름답다고 착각한
이 모든
불온한 불순물을
당신이 가져가서 버려준다면
꽤 괜찮은
이별이겠다.

2017년 8월
하기정

차례

3부 그 여름의 감정

1부

단지, 과일이 먹고 싶은 밤

접는

접으면 나는, 날아가는 비행기
접으면 너는, 너라는 배
— 이 종이배를 밀고 바다로 나아가야 해
다리를 접으면 생기는 무릎
접으면서 주저앉는 의자
의지할 데라곤 여기밖에 없는데
— 이 통증을 베고 누워야 해
재채기 한 번 했을 뿐인데
우산을 접으면 줄줄 새는 물
나에게 아름다운 상처를 준
고양이의 발톱을 그러니까 사랑하자
이 고요한 은신처 안에서 비밀의 상자를
접는 일밖에는 빈 상자 안에
빈 상자를 채워 넣는 일 밖에는

두 점의 폐곡선이 만날 가능성보다
당신과 나란한 평행선이 만날 수 있기를
접는

이상한 계절

온도에 관여했던 것들에 대해 얘기할 차례가 되었다
이곳에서 입술이 얼고 귀가 녹아 흘러내렸던 것이다

계수나무 곁을 지나면 먹다 남은 과일의 단맛이 났던 것
이다
과일껍데기에 앉아 아직도 여름을 빨고 있는 벌레들이 있
었던 것이다

미안한 것들에 대해
문턱에서 누가 한참을 울고 갔던 것이다
수상한 것들에 대해
이상한 것들에 대해
귀뚜라미는 검은 나무를 갉아먹는 것이다

올 수 없는 것을 기다리며 근거도 없이 서성거리는 것이다
시월의 웅덩이에 개구리가 울어주는 것이다

아직도, 라고 들리는 것들에 대해
털들이 보송보송 일어서는 것이다
계수나무 곁을 지나가다
이상한 감각이 생겼던 것이다

두 손은 비어있고 한없이 뜨거워지는 것이다
말[言]들은 너무 건조해서 불타는 중인 것이다

그래도 여전히 오 분 뒤에 빵은 부풀어 오르겠지
빵을 뜯다가
냄새는 계절을 건너뛰겠지

아이스크림은 입속에서만 녹기를 바랄 테니까

잃은 것을 잊은 것에 대해
여전히, 라고 말하는 것들에 대해
그래, 이런 일들은 익숙한 그림이야

근원도 없이 뜨거워졌다 차가워지는 것이었다

토니오 크뢰거

왼쪽 다리는 난간에 걸치고 오른쪽 다리는 봄의 향기 나는 왈츠 속에 절뚝이며 걸어가겠습니다. 오른쪽 다리를 위해 왼쪽 다리가 순교하는 일입니다.

벚꽃 지는 정원에서 한스 한젠과 잉에보르크 홀름을 대신하여 돈 카를로스를 읽겠습니다. 괴로워서 우는 왕자 곁에서는 외롭게 울어 줄 수밖에

손발을 묶어버리는 불온한 수수께끼 앞에서 골몰하는 일입니다.

주머니의 먼지를 털다가 날개가 젖은 새 한 마리를 꺼내주었으나 날려는 의지가 없어보였습니다. 날 수도 있다는 작은 재주가 내린 저주의 화살을 등에 꽂은 공작새처럼, 자랑하고 싶은데 동물원의 관람객은 하품을 하고 있다는 것.

우리에겐 애당초 폭설에 푹푹 빠진 발을 꺼낸들 머리위엔 흰 눈이 가득 쌓이는 일이니까요.

공원을 산책하는 사람들에게 오후란, 금발의 머릿결 같이 낭만적인 일입니다. 향기는 장면을 불러오므로 위험합니다만,

불안한 흰 종이와 볼펜을 쥐고 있는 사람에게는 가지고 있기 힘들지만 던져버리기는 더 힘든, 갈아 신어야 할 신발주머니 같은 것이니까요.

창밖으로 새어 나오는 웃음소리에 우울한 질투를 하면서

봄의 향기 나는 왈츠 속에 위험한 칼춤을 추면서

야간등화관제

검정 비닐봉지는 마트를 숨기고 있습니다

어둠 속에서는 쥐도 새도 모르게
볍씨의 낱알이 툭툭 터지고

각이 진 골목길에서 고양이는 여전히
사라지는 중입니다
보세요, 황소자리 별들이 얼마나 오랜만에
두각을 드러내는지
뿔은 또 얼마나 뾰족해졌는지

올빼미가 박달나무 둥지로 야반도주해도
우편물은 잘도 도착합니다

반짝 켜지는 쥐의 근육처럼
내몰릴 때
우리는 네 개의 모서리를
다 걷기로 해요

투명해지는
연습을 하며

손전등을 끈 채 밤의 뼈대를 더듬는 거죠
숨는 것이 지겨워 얼마나 많은 엑스레이를 찍었는지요

붉은 석류처럼
이빨을 쏟아내며

발각되는 일이란
칠흑 같은 밤을 발음해보는 거겠죠
사건은 매력적으로 터져야 합니다

사이렌이 울리고 불이 켜지면
누가 적인지도 모른 채 우리는
제자리를 찾아 껴안을 수 있을까요

다시 토끼를 기르는 일

나의 영혼이 너의 두 다리를 좋아해
귀처럼 사랑스러운 다리
질긴 고기를 뜯기엔 초록의 물든 앞니가
마시멜로 같다
가볍게 착지하는 뒷다리의 힘으로 밀어내는
네 귀는 발소리를 흉내 내는구나

다리에 관해서라면 할 말이 좀 있지
총체적으로 다리를 거는 일이니까
엮여 있는 것들은
한꺼번에 넘어지기를 좋아하니까

실패를 무릅쓴다는 것
무릎이 쓰다는 것 무릅쓰고 일어설 때
털썩 주저앉는 관성으로부터
자전거 바퀴에 날아간 돌멩이의 탈출속도
비명을 지르며

예기치 않은 곳에서
노상강도가 한쪽 귀를 베어갔지
수렵은 늘 비린내를 풍기는 법이니까

숨들이 끊어지는 들판에서 일어나는 건
먼지구름밖에 없다네
공생과 천적은 무성한 풀밭을 기르지
풀은 엮이면서 넘어지길 기다리니까
총체적으로 착지를 실패하는 일이니까

귀 없는 낙법을 상상해본 적 있니?
빨간 두 눈보다 먼저 도착하는 귀
주머니에 두 귀를 구겨 넣고
기를 수 있다면
감정을 쫑긋거리며 접을 수 있을 텐데
그러니 두 다리로 들어준다면
귀보다 먼저 네 앞에 도착하겠네

젠가의 모든 것

너의 빈틈을, 물이 새어나와 바닥이 흥건하게 젖는 것을
우리는 좋아하게 되었다

미끄러지기를 기다렸다는 듯 안간힘으로 중심을 잡으려는
몸짓을 좋아하게 되었다

규칙은 정해져 있었지만 낯설고 위험한 세계를 더 좋아했
다

우리들 중에 누군가 벽을 무너뜨리는
조심스러운 손을 가지고 있다고 믿었다
그리고 그가 거짓말 같은 균열을, 물이 새는 걸
아무도 모르게 들춰내리라 믿고 있었다

상상은 상상 밖에서 실현되기를
쌓고 무너뜨리는 일이 다시 쌓아야 한다는 축복을 믿었다
상상 밖의 일은 의외로 아름답게 몰락한다는 것을 알게
되었다

주머니 속에서 주인을 기다리는 동전처럼 골똘하게
이 세계가 생각보다 빤하고 환한 구멍이어서 시원해보

였다
　처음은, 처음부터 다시 시삭할 수 있으니까

　우리들의 손은 많았으나 누군가 먼저 그것을 무너뜨렸
을 때
　문이 없는데도 손잡이를 돌리고 있었다

단지, 과일이 먹고 싶은 밤

가로등이 모리배를 이끌고
꽃다발을 엮고 있는
그 밤에
우리는 유리 상자 속에서 보트를 탔지
폭우가 쏟아지는 그 밤에 말이야
단지, 과일이 먹고 싶었을 뿐인데
과육의 흰 살을 기대하며, 그저 그날 밤에
사과면 어떻고 오렌지면 어땠을까,를
반복재생하면서
노를 저어갔지
단지 그 밤에 과일이 먹고 싶었을 뿐인데 말이야
붉은 과육을 그리면서 그리워하면 안 되나,를
반복재생하면서
우린 서로에게 포크를 겨누었었나?
빗줄기가 유리 상자에 희뿌연 코팅지를 붙여 놓았지
내 입김과 너의 콧김에서 흘러나온 회색 물방울들이
둥둥 떠다녔지 유리 상자 속에서
우리의 보트가 흔들렸던가?
먹기 좋게 익은 과일이 반으로 쪼개지는 걸 상상하면서
무릎에 포크를 떨어뜨렸지 네 무릎에 찍힌 이빨자국
한쪽 노를 잃어버렸는데

우리는 보트의 옆구리에 자두나무를 새겨놓았지
보트는 자꾸만 왼쪽으로 기우는데
우리는 과일이 먹고 싶은 것마저 잊은 채
자두꽃이 피길 기다렸지
우린 알고 있었던가?
그렇게 여린 과육에 포크를 찌르는 건 안 된 일이야
복숭아든 오렌지든 상관없었다는 걸
한 다발의 모리배들이 골목의 가로등을 모두 훔쳐가던
그 밤에 말이야

미세먼지주의보

경보음을 내며 그는
비관론자처럼 온다
예외를 좋아하지 않으니까
어디든 비집고 들어올 수 있으니까
제법 꽃가루처럼, 재채기를 하면서
관료주의 사회의 편리성을 예찬하면서
편승에 기대어 편대를 이루며

그게 그의 뛰어난 자산이니까
비관론자들이 기르는 낙타는 사막 한가운데서 우물을
판다
없다, 소용돌이처럼 정지선이
틈입과 잠입 속에서 균형을 이루며
보다 전면적으로
빗물과 눈덩이로 체질을 바꿔가면서
총체적으로 오고 있는 것
낙관론자들이 기르는 낙타는 바닷물을 마신다

언제든 비대해질 기미를 숨기면서
온다, 수제비처럼 뚝뚝 끊으며
허파꽈리든 어디든 달라붙는 점성을 회복하면서

본질은 수박의 검은 줄무늬처럼 또렷하니까
머리카락 사이에도 숨을 수 있으니까
더 더 더 작은 먼지들의 방

빗방울이든 눈송이든 야합할 수 있으니까
꽃가루인 척
비명도 없이 횡사도 없이
급소를 노리면서
온다, 정치뉴스를 가려주는
암막커튼처럼

브로콜리

그는 증오의 대상 안에서 증식 중이다
그렇게 많은 꽃봉오리를 본 적이 없으므로
우리의 미래가 너무나도 선명해서 불안하니까
포기를 위한 근육을 단련시킨다 모두 우리는
아인슈타인의 머리와 조던의 허벅지를 가졌다네
축복이 갑자기 밀어닥쳤으므로
황홀하지
우린 모두 쌍둥이 신들이 되어가는 중이니까
여전히 원탁회의를 하면서
쓸모없는 노력과 걱정이 없어서 걱정이라는 자각
그것 때문에 자위의 체위가 얼마나 중요한지 몰라
이쯤에서 별들의 운항은 중지시키는 게 좋겠지
목적지가 어딘지 너도 모르는데
꽃봉오리는 한꺼번에 터져서 지려 하는데
질문이 너무 많은 답안지 같다
비는 오려 하고 구름은 담장을 끌고 다닌다
미래의 현장체험학습이 필요한 것처럼
우리의 교실에서
자위의 국화송이를 바치며
손 말고 성기 말고 말들의 혀 말고
자위의 도구가 얼마나 중요한지 가르치려 하지 않았지

서로의 얼굴을 살피며 눈을 비비고 부릅뜨면서
날마다 기록을 경신하는 일에
감탄하지
할 일을 모두 끝낸 사람들처럼 장례를 치르며
미래의 교실에서
밀랍인형처럼 정교하게
하나같이 꽃 핀 얼굴로

희망
– 그런 희미한 망상

이봐, 거기 너!

친절한 학년주임 선생처럼
상냥하게 나를
간섭해 준다면
뚱뚱한 바오바브나무에 주렁주렁
매달린 눈알들이 풍경처럼
요란하게 딸랑거려 준다면
이 노래를 부를 수는 없지만
들려줄 수는 있지

병명도 모르면서
좀 즐겁게 사세요, 외치는 의사 선생처럼
모든 게 다 잘 될 거예요, 대책 없이
나눠주는 부활절의 삶은 계란처럼
하느님,
계란이 달걀달걀 굴러가서 병아리를 깐다면
이 노래를 부르기 전에
전부 돌려드릴게요

고사장을 안내하는 검은 화살표처럼 친절하게
몇 해째인지 모를 이 검은 선을 또 밟으며

과녁을 몰라 정체된 어리둥절한 화살들이
청춘의 살을 관통하면 그것마저도
삶의 비의라고 느끼며 살게요

떨어지는 우박을 공손하게 두 손으로 받으며
키다리 아저씨가 가난한 소녀의 서랍에
몰래 넣어 준 용돈처럼
이 모든 지어낸 이야기를
부를 수는 없지만 들려줄 수 있기를

접시가 깨지고 폭우에 우산이 뒤집히는 순간을
빗물이 부르는 주술가라 믿을게요

화살표의 채찍과
나귀 한 마리를 준다면
잘 빚은 절망의 토우들이
모조리 몰고 가겠지

이봐, 자네
거기 빗물 좀 털고 들어오지 그래
마룻바닥이 다 젖잖나?

대중성

모두에게 초대장은 보내졌다
나는 좀 더 아름다워지도록 허락받았다
이웃과 세계에 대해
보다 공적인 표정으로 경기장 안에서
던지지도 않았는데 내 손에
먼저 들려진 공처럼

네 손목을 잡았을 때 회색물이 들 줄 알았다
가벼운 물방울이 모여서
앞사람이 옆 사람에게 옆 사람이 뒷사람에게
너도 여기 흘러들어올 예정이라고 말해주었다

이구동성으로 함성을 지르며 골대를 향해
예외 없이 모든 공들은 골인한다는 것에 대해
놀랍도록 빠른 속도로 진입할 줄 알고 있었다
야생화가 끼어들지 못하도록 모종판의 싹들이 모종삽에
실려
모종의 음모도 없이 시청 앞 화단의 팬지꽃처럼 일렬로
도착할 줄 알고 있었다

사우나실의 모래시계 앞에서 일정한 간격을 재며

동쪽에서 서쪽으로 반향에 맞추어
공명하고 무사안일하게

꽃 핀 곳마다 축제가 일사불란하게 진행된다
한 줄기 소나기가 훑고 지나간 자리에
모였다가 흩어질 줄 알고 있었다
전적으로 이 공간에 동의하면서
남김없이 써버리도록
진단서 없이도 똑같은 알약을 털어 넣는다
진지하지 않아서 모두가 즐거웠으므로
우리가 만든 장소에 아무 일도 일어나지 않아서
좋았다

링

숨을 참고 한꺼번에 벅차오르는 세계는 낙관적이다
펑, 하고 병뚜껑이 탈출하는 순간
우리는 태어난다

개미는 방바닥을 핥는다
벽에 오르고 천장을 받치고
'ㅁ'의 세계에서 납작해지면서
요철 위로 울퉁불퉁 면과 면을 맛보면서

사각의 링 위에서
마술처럼
진짜 개미가 되어간다

종이 울리면 바닥을 치고 다시 일어서는 눈송이
링 안에서 우리는 땀을 흘리고
호흡이 가빠지면
상대를 껴안고 주저앉는다

세계를 이루는 말들이
각자 포즈를 관망하면서
사전 속에서

모래를 씹는 기분으로 기다린다

연료를 가득 싣고 비행기를 타면
저 바닥에서 기어나오는
내가 보일는지
주머니에 손을 넣고
빙판길을 걷는 일처럼
창문을 많이 갖는 건 위험한 일이지

누군가를 때려눕히지도 못하고
마침표도 없이 우리는 링 밖으로 천천히
걸어나온다

알레고리

— 이따금 절망이 없는 십 분 동안 내 방의 모서리를 걷곤 했다.
두 지점 사이의 거리는 그리 멀지 않았다.

로맹가리 속의 에밀 아자르와 에밀 아자르 속의 로맹가리

사진을 바라보는 여섯 개의 눈동자

'축구선수에게 공이 작품이라면 발은 정신이다'라고 어
느 시인이 말했다지?

발마저 잃었다면, 이런 총체적인 불안들 손바닥에 장갑을
신고 물구나무서면서

최대치를 걷는다는 것

나의 문장이 언젠가 당신을 어루만져줄 수 있다는 착각

심장에서 자라나는 손톱을 싹뚝싹뚝 자르며

다시 에밀 아자르 속 로맹가리의 부릅뜬 눈과 산발한 수
염

멀어져버린 얼굴의 소환과 귀환의 복구 작업

침묵 속에서 어둠을 응시할 때, 그 때 별은 보인다네

이런 문장이 없다면 욕망도 없지 그러나 욕망의 풍화작
용 언어의 필멸

이런!

이런,

징후를 본다면 그때 다시

두 번째 봄

다음에 겨울

유기성이라곤 전혀 없는 주인장 같으니라고! 이따금 절망
이 없는 십 분 동안 희망, 그 희미한 망상을 자기복제하면서
그것에 대한 믿음들

온전히 실패하면서

자주 버지니아 울프의 주머니 속 돌멩이처럼

독자들을 데리고

고스란히 몰락하면서

 Quick Response Code

이곳에선 냄새가 진하다
밀도가 높아서 풍선들이 팡팡 터져도
아무도 놀라지 않는다
격자무늬라고 불러줄게
투명한 손들이 손목을 믿으며

눈과 눈이 마주치면 내 눈에 거울을 대고 보여줄게
여기까지 오느라 고생했군요, 불을 *끄*고 폭죽을 터뜨
립시다

문들이 많아서 미로를 허용하지 않아요
에둘러 가지 않아서 좋아요
먼저 도착할 때까지
정확한 코스요리를 제공합니다

꽃들의 아케이드 위로 비가 내린다
비가 내려도 맞을 줄 모르는 소녀들이 쇼핑을 한다
장미가 장마의 패턴을 인식할 때까지 꽃잎을 계산한다

손쉽게 사랑은 하고 빠져나가면 돼
네 부고를 대신 말해줄게

이 프레임 안에서 암묵적으로 모두 다
장례를 치러줄게
가상의 꽃들이 만발하겠지

코드를 인식하지 않아도
열쇠구멍에 안구를 대면 새빨간 방
저쪽에서 먼저 알고 빨간 눈의 마녀가
눈을 들이대고 있다

구멍

맨홀 뚜껑은 위태로운 배꼽입니다
텅텅 울리는 빈 뱃속을 들어가 보는 일이란
숨을 불어 넣는 일이어서 식도에서 직장까지
세상의 모든 길을 뚫고 가겠다는 야망이 숨어 있죠
담장 밑에 뚫린 뱀 구멍처럼 꿈틀거리며 말입니다

터널 속에서는 꿈이 반 토막 나기도 합니다만
구멍을 빠져나온 순간 나무 한 그루가 순식간에 뽑히
기도 합니다
금지된 상상을 하면 풍선처럼 가벼워지죠

숲 밖으로 빠져나와도 나무들이 줄지어 따라옵니다
구멍에서 간신히 빠져나온 쥐가 더 큰 구멍으로 들어갑
니다
고양이는 고양이를 빠져나와도 야옹, 하고 웁니다만
도넛은 구멍 안에서만 도넛인 체합니다

섣불리 구멍을 막아버릴 수 없는 까닭은
구멍들이 간혹 알을 품고 있기 때문입니다
어처구니가 없어도 맷돌은 돌아가고
구멍도 단단해지면

꽃나무 한 그루쯤은 피워 올릴 줄 아니까요

머리도 꼬리도 없이
앞뒤가 바뀐 변명 같습니다만

혀는 침의 맛을 모르고 식도에서 직장까지
나는 나를 빠져나와도
사람인 척합니다

도구적 인간

너는 내게로 왔다 일요일의 베개처럼
내 왼쪽 주머니에 네가 눕다 간 흔적이 있다

맨발인 줄 알았는데 구두와 슬리퍼를 번갈아 신는다
용도가 다양해서 어제는 내 발목을 잡고 십 리를 갔다

애인처럼 굴 때는 음악이 되기도 한다
말 잘 듣는 빗방울의 입술로 연주한다
정기적인 시차를 두고 우물에 빠진 달을 건져낸다

색깔별로 분류되는 일은 이제 고전이 되었다
사용기간과 사용능력에 대해 용도변경을 자주 한다

익숙한 표정으로
나의 옆구리에 달린 손잡이를 수리했다
고장 난 얼굴이 될 때 존재의 최대치에 이른다

손잡이는 손의 상투적인 인식인가?
신발은 발의 합법적인 규격인가?

자주 인용되는 물음들이 허락도 없이 활용되었다

말 하는 입과 먹는 입으로 무너진 성곽에 대해 입담을
쌓는다
고전을 면치 못할 때 경력이 쌓이기도 했다

상투적으로 살아져도 용도가 다양해서
습관적으로 사라져도 내게 와서 모두 수리되었다

2부

다섯 개의 선물상자

일력(日曆)

택배아저씨가 새의 깃털을 한아름 들고 왔다. 조합이 안되는 새가 그려졌다.

어리둥절한 손바닥이 파닥거렸다.

창밖엔 꽃송이들이 바람에 쓸려나갔다 먼지를 털며 돌아왔다.

폭설이 내리는 날에는 발자국이 깊다고 누군가 말했다.

현관에는 흩어진 신발들이 씀바귀꽃 같다. 어제 신었던 신발에서는 곰팡이꽃이 피어올랐다. 발바닥은 쓰지만 아프다, 라고 말하면 진짜 아플 것 같아 자루에 담아 꽁꽁 묶었다.

하루를 찢어서 뭉쳤다. 뻣뻣했던 관절이 잘 굴러간다. 덜 찢어진 어제와 그제가 맞물려 있다.

자정이 되자 새들이 사과씨를 물고 달아났다. 새의 다리에 시치미를 달아주었다.

내일은 사과를 통째로 베어 먹을 것이다.

샘물처럼 침이 고인다.

벌레의 시간

발은 꿈틀거리며 감추기를 좋아한다 구멍 난 양말 밖으로 다급한 발가락이 튀어나온다 풀잎은 자주 생각을 바꾸면서 이슬을 털어내려 한다 시계는 자꾸 약속장소로 밀어붙인다

그런 일들은 지난여름을 웃어주는 일이라고 할 수 있다

칠층 계단에서 내 울음을 듣기 위해 울음을 멈춰보기로 하자 무릎을 쥐고 최선을 다해 굴러보면 지하실 계단까지 굴러갈 수 있으니까 웅크리는 일에 관대해지기로 하자 눈은 반쯤 감고 더듬기를 좋아한다 배는 자꾸 밀며 앞으로 나아가려고 한다

벌레의 몸에 벌레가 달라붙는 것처럼 꿈틀거리는 걸 멈출 수 없다

풀잎은 의지대로 잘 말라가고 있다 그러나 바스락거렸던 일들이 떠올라 배춧잎에 구멍을 내고 밖을 보는 걸 멈출 수 없다 구멍에서 나와 구멍을 내고 구멍을 막는 일을 멈출 수 없다 생각이 멀리 나가서 돌아오지 않던 저녁을 멈출 수 없다

울음에 둥근 곡선이 생길 때까지 귀를 막았던 일을 떠

올린다 그래도 숨긴 팔은 기어오르지, 바닥의 요철은 자꾸
만 간지럼을 태우지
　　쓸 수 있는 동사(動詞)가 바닥을 보일 때까지
　　껍질이 주름을 벗어나려는 걸 멈출 수 없다

　　날개…… 날다, 파닥이는 말들을 참을 수 없다

구름의 그늘

구름에 그늘이 있다는 거
혼잣말이 혼잣말이라는 사실을 모르고
꼭 땅콩버터를 바른 쪽만 바닥에 떨어진다고 생각할 때
오래된 할머니방의 장판을 열었을 때 웅크리는 콩벌레에게
너도 나처럼 다리가 짧아서 굴러다니는구나
나도 모르게 크게 뱉어버린 혼잣말을
콩벌레에게 들킬 때

구름에도 그늘은 있는 거
네가 거기에 있어서 내가 여기에 있다는 사실이
온전하게 짙어질 때
우연히 닿은 자작나무의 어깨에 슬픔이 밀려올 때
슬픔과 결핍과 분노의 화해들이 망초꽃처럼 흔해질 때
불안이 슬픔과 화합하지 못하고 구름다리처럼 흔들릴 때

내가 첫사랑이었다고 우겨대던 그에게
시트에 핀 붉은 꽃은 생리혈이었다고 말할 뻔한 순간에
대해
너와 내가 마셨던 뜨뜻미지근한 토마토주스에 대해

구름에는 그늘만 있다는 거
애도의 유통기한이 발각될 때
잠수함에 돌덩이 하나를 집어넣고
수압이 이토록 무겁게 나를 지탱해주는 거라고 믿을 때

열기구의 모래주머니를 지상으로 떨어뜨릴 때
가벼워진 몸이 까마귀와 눈높이를 맞출 때
시신을 운구하는 검은 행렬 뒤로 무지개가 뜰 때
오래 전과 멀리는 동어라는 사실을 문득 깨달을 때

사이

한때 적이었던 사람을 피해 달아나는
좁은 골목길에서 어쩌다가
어깨를 부딪치며 걸어갈 때
구월에서 시월로 가는 모퉁이에서
오동잎의 서늘한 낙법을 들을 때

사슴의 뿔과 사슴벌레의 집게발가락
땅강아지의 앞발과 강아지의 꼬리와
개복숭아와 개살구
스탠드가 비추는 흰 손가락과
동그란 가로등 불빛에
동그랗게 떨어지는 눈의 흰 뼈
심장 위에 얹은 오른손과
보폭을 재는 왼발

시인의 말과 시민의 발
조지 오웰의 농장과
쌍방울메리야스의 겨드랑이를 박고 있는
미싱의 공장과
그날 게르니카의 암말과
그날 노근리 암소의 장자 빛 붉은 울음과

점등과 점멸과 소멸의
자화상을 그리는 그림자

차이를 말하려는데
자꾸만 사이가 가까워지는
당신과 나는 듬성듬성
간격이 먼 돌다리에 서서
망설이는 사이에

오늘의 맛

메리야스 상표가 뒷목에 껄끄러울 때마다 내 이름이 낯설었다 주머니에 이스트를 잔뜩 넣으면 나도 보름달처럼 부풀어 오를까

이름을 몇 번이나 바꾸어 보았지만 감정은 뒷목에 있으므로 표정은 같았다 나무의 나이테만큼 자주 바뀌는 건 주소와 나이였다 일정한 표지가 없다는 것, 어떤 길로도 달아날 수 있으니까

눈 밑의 점은 눈물샘을 길어 올린다는데 더 가벼워지려면 손금이 필요하다 길들은 어긋나 있으니까 참새 떼가 없다면 아무 길에서나 빵부스러기를 뿌리면 되니까

물동이가 무거운 구름은 조금씩 길바닥에 쏟으면 그만이었다
잎은 떨어지면서 어디로든 날아갈 수 있다

아침에 버려진 꽃을 저녁에 주웠다 그것마저도 내 손을 떠나면 공간은 회복되지 않으므로 통증은 가려운 걸 은폐하기 좋아하니까

노란 봉투에 오늘의 맛을 밀봉한다 바삭하게 부서지는
크루아상,

　나도 겹과 겹 사이가 부드러워져 옆구리 간지러운 초승달
로 뜰 수 있을 것 같아

심보르스카로부터 바통을

– '상호성'에 대한 상호텍스트

속죄를 받기 위해 허용되는 속죄
전쟁을 막기 위해 동원되는 전쟁
사진을 찍는 사진사의 렌즈를 포착하는 렌즈
시녀들을 그리는 벨라스케스와 그림 속의 벨라스케스
늘어난 부피만큼 밀도가 줄어드는 고무줄과 제로섬게임
국가재정전략에 대해 쓴 언론사와 언론사 별 입장을 쓴
언론사
연구실의 가설과 가설 속에서 골라낸 현실의 정설
역사의 기록에 관한 역사
연대기를 작성하는 연대의 연대기
가능과 불가능의 반작용으로 동전은 굴러가는 것

연인을 빼앗아간 정치와 자기반복하는 정당의 창당
승강기 안의 움직이는 거울과 거울 속의 정지한 사람
다시는 다짐하지 않겠다고 하는 다짐과
일기 따위는 쓰지 않겠다고 쓴 일기
뫼비우스의 띠를 설명하는 안쪽의 바깥과 바깥의 안쪽
그 띠를 두르고 길게 이어진 시내버스노조 파업
변두리 속의 중심과 중심 속의 변두리
봄을 앓는 몸과 몸을 앓는 봄
궁극엔 이 모든 것들

원숭이 엉덩이는 언제나 빨간색으로 시작해서
제 꼬리를 찾아 빙빙 도는 개의 주둥이에
바통을
물고 달아나는

당신의 심장과 무릎과

바람의 발바닥이 찍은 무늬, 흰 건반과 검은 건반을 건
널 때
참새의 부리에 대해 낭만적으로 얘기할 수 있다면
우린 정기적으로 펜션 따위에 방을 잡고 놀러가진 않을
거야

기린의 목을 덥석 베어 문 악어의 이빨과
누구에게도 자국 하나 남기지 않는 달팽이의 젤리 같은
이빨은
같은 방식으로 매혹적이야, 이 모두를
다치지 않고 사라지게 하고 싶어

검은 낮과 하얀 밤의 장막을 걷어내는
램프 속에서 희미해지는 우리는, 각자 무늬가 다른 덩
어리들

화성과 목성의 거리, 일식과 월식의 우연한 각도에 대해
하나의 나처럼 그림자 속으로 스며들 때 아무 것도 아
닌 듯이
고양이의 심드렁한 하품처럼 갈비뼈를 보여주는 거야

미지수와 로또복권의 방정식, 내 방식대로 만드는 기하
학적 무늬들처럼
　이 우연한 일들을 우물에 빠진 신발의 각오 같다거나
　그날 나뭇잎이 떨어지는 사소함

　붕어의 꼬리가 가르는 물살
　달빛의 머리카락을 세는 풀벌레
　깎아 놓은 손톱, 정기적으로 자라나는
　달, 자라고 깎이는 반복에 대해
　지렁이의 울음 같다거나 고리 같은 발자국 같다거나
　아무것도 아닌 이야기를
　둥그렇게 등을 말고 심장에 닿는 무릎의 생각들
　하나의 점으로 소실되는 우리는

어떤 사람

고무망치를 들고
가차 없이 부수는 사람

도시의 율법을 새로 쓰고
감각을 실험하는 도구들로 가득 찬 방안에
양을 기른다
그의 눈에 띄면 모두 도구가 된다
어떤 그는 물고기를 잡고 가죽신을 만들고
어떤 그는 새를 날리기도
돌을 쪼고 쇠를 달구기도 한다

그는 합리화에 도가 튼 사람들을 향해
목책을 두르고 해자를 파고
해자 안의 성에 폭우를 가두고
태풍의 눈에 고추씨를 뿌리기도 한다
망루에 올라가 광장에 운집한 사람들의 수를 세거나
심장을 꺼내 보이며
불감증 병자들에게 처방전을 내리기도 한다

감각의 율법으로 가득 찬 투명한 방에
새들의 편대와 하늘을 빠져나간

새들의 주검도 기록한다
바람의 속도와 폭설의 깊이를
치부책에 기록한다

그들이 공통적으로 가지고 있는 이상한 감각은
십 리 밖의 환자도 알아본다는 것

시인이라는 업보와
시민이라는 족쇄를 달고 다니는 사람
망치를 들고
노래를 부르다 죽을 사람

디에고*

가위를 든 손
당신이 불쑥 들어왔던 거죠
그림자가 이렇게 무거울 줄은 몰랐어요
오른손이 허파의 문고리를 흔들 때
사과꽃이 첫눈처럼 떨어질 줄이야
어금니 사이로 씹힌 내 혀를
파리를 낚아 챈 카멜레온처럼 삼킬 줄이야
목구멍에 쏟아지는 오이씨같이
거미줄을 칠 줄은
하루살이 떼를 잔뜩 매달아 놓을 줄은
작은 방에 사과나무가 지붕을 뚫고 자랐던 거죠
태풍에 낙과를 줍느라
내 발에 내 발이 밟힐 줄은 몰랐어요 몰랐어요

가위를 든 손
허파꽈리에 물풍선을 달아 놓은 당신
흰 시트에 나보다 먼저 태어난 아이가
주르륵 흘러요
눈썹을 도려낸 서쪽 이마에
반달로 부릅뜬 당신
나는 방패를 버리고 고슴도치처럼 화살을 등에 심어요

정글을 달리다 넘어지면
그대로 심장에서 오이 넝쿨
혈관에 빨대를 꽂고 무럭무럭 정글을 덮어요

가위를 든 손
싹뚝, 이생을 잘라줘요
그러면 부디, 다시는 돌아오지 않기를 **

* 디에고 리베라
** 프리다 칼로의 마지막 말

밤의 커튼

밤은 물어다주네

달을 이고 날아오는 어미 새처럼
개구리밥과 땅강아지의 걸음걸이와
목초향기의 숨소리와
지렁이의 은밀한 노랫말을

녹빛 청춘을 탕진해버린 나무의 어깨에
경건하게 검은 옷 한 벌을 걸쳐주시네

돌돌돌 물소리와 물물물 돌소리
물과 돌 사이의 침묵과 소용돌이와
동그라미를 그리는 나뭇잎배의 골똘함
잠깐 동안의 선물꾸러미를

스탠드 불빛이 시큼해져서 모여드는 초파리와
딱새의 부리와 잠든 독수리의 발톱
가로등이 박힌 머핀 한 조각을

밤참을 물고 오는 어미 새처럼
공손한 접시에 담아주시네

서쪽 창가에 그림자가 기다란 한 사람을
잠깐 동안이라는 선물꾸러미에
모래주머니를 가득 쏟아 부어주시네

나비의 독주

꽃마저 상투적으로 피어났으므로
나비 한 마리 횡단보도를
건너간다

우리가 사랑한 일로
구름의 한 귀퉁이를 뜯어 안경을 닦았지만
이내 빗물은 쏟고 마는 거

어떤 감정의 자기장 안에 낡은 것들은
철지난 도구처럼
박물관 유리관에 모셔두었지
플래시를 터뜨리거나
만질 수는 없다는 거

초록불이 켜지길 기다리다 건너는 모범생들은
이제 배수진을 치지 않는다
전면전 대신 지루한 행군을 한다는 거
눈빛들은 녹슬어
깜빡이는 대신 자물쇠를 열어 놓았지
훔치는 스릴도 없이

모든 장소가 은유라면
나비가 앉은 자리마다 꽃은 피겠지

쓸모없는 악기들은 부서지면서 사운드를 울린다네
비트를 비트는 새로운 연주법이 시작되겠지

장마철의 수박처럼
이제 막 작별하기 시작한 연인들의
손목 위로 나비는 건너는 중

감정의 균형

흰색과 회색의 농담
서성거리는 방문객들은 아직 들어오지 못한다

새의 발자국을 보고 문자를 만들었다는 사람은
새의 발자국을 따라갔다
달을 보고 길을 찾는 사람은
달 속으로 걸어들어 갔다
다시 천 개의 발로 걸어 나왔다

내 감정과 네 감정이 반반씩 들어있다는 것
중심은 어디에나 있다는 듯
몸의 점들은 당신을 새긴다
나비가 꽃 곁에서 균형을 잃듯
당신은 언제나 비스듬히 와서 무겁다

비밀을 하얗게 털어놓는 순간
가난이 검게 내려앉았다

흰 비둘기와 회색 코끼리의 균형
당신은 놀라서 시소를 타다 말고 도망친다
검은 물감이 한쪽으로 쏠린다

주머니에 들어 있는 마음은
중심이 아니어서 달그락거린다
감정의 염도가 있다면 온도 차이를 계산해야 한다는 것
열은 뜨거운 쪽에서 차가운 쪽으로 흐른다는 것
나는 당신에게 흘러서 가겠지
다시 천 개의 물방울로 걸어서 나오겠지

다섯 개의 선물상자

당신께서 주신 이 다섯 개의 연장을
나는 잘못 사용하여
칼날의 이가 빠지고
손잡이가 헐거워졌다

문득 *나비*는
밤을 어떻게 나는지 궁금해지는 날
어느 낭만적인 왕국
달빛의 행로에
비행기가 깜빡이며 지나간다지

이 왕국엔 다섯 명의 왕과 다섯 명의 신하가
보초를 선다지
국경의 울타리를 넘으려면
떨리는 두 손으로 공손하게
다섯 개의 *질문*을 받아야한다지

수수께끼를 던지는 왕들은
받는 손들이 아무것도 아니길 바란다지
쓸모없이 숭고한 *질문*들과
농담으로 쓴 답들

*바람*구두를 들고 뛰어가는 시인에게
술 한 잔 따르지 않으면
볼모로 잡혀간다지
*쓸쓸함*의 담보로 잡혀온 것들
연필, 지우개, 흰 종이와 흰 달빛, 서성거림

어떤 청춘들은
푸른 물외밭을 그냥 지나칠 수가 없어서
*질문*을 만들 때마다 볼모로 꺾어온
꽃을 던져준다지
구두수선공들은 *바람*의 신발 크기를 재느라
검은 하늘에 별똥별로 빗금을 긋는다지

겨울은 얼기 좋은 계절이야
언다는 건 깨지기 좋은 *질문*이지
형상은 깨지기 위해 웅덩이를 만드는 법이니까

밤의 검은 상자 속에 부서지는 은빛가루의
날개들처럼
기승전결 없는 한밤의 행로에 비행기처럼
*나비*는 밤을 날고

어떤 가능성

학교 앞 매점을 향해 뚫린 개구멍은 숭고한 혁명놀이
유리는 깨질 때 유리의 최대치에 이른다
양말은 벗을 때 뒤집힐 수 있다는 가능성
가방은 어쩔 수 없이
어둠 속에서 집요하게 물건들의 내부를 물고 있다

두 개의 목소리는 숲을 거닐었고
우리는 보랏빛 연필선이 긋고 간 냄새를 꺼내놓고 구름
을 마셨다

이제 막 나무의 뿌리에서 새들이 피어난다
허공에 뿌리를 박고 비상할 태세로
나무의 뿌리에서 새가 자라났다고 말하는 것
새가 나무의 말을 이해하고 싶어 하는 것
나무가 새의 말을 이해한다고 믿고 싶은 것

나무의 뿌리와 잎과 새들의 가능성에 대해
내부와 외부의 시도들에 대해
잎맥이 새겨지고 잎자루에 새의 발톱이 자라나는 시간
커피가 식고 두 개의 목소리가 깨질 때
가방의 내부가 탈진한 바지락처럼 늘어진 혀를 빼어 물 때

우리들의 뜨거운 커피 잔에
흰 눈들이 뛰어내리고 있었다

가로등

체념이라는 말에 우레가 들어앉아 있다
밤의 귀를 막으면
달팽이가 귓바퀴를 갈고 지나가는 소란들

고백이라는 말에 오늘 저녁 먹다 흘린
그릇들이 포개져 있다
목줄을 끌고 주인보다 먼저 집에 도착한 개처럼
끝내기 위해 시작하는 연인들의 단단한 새끼손가락처럼

발밑의 불빛은 세로로 서 있는 사람들이 납작해질 때까지
그림자를 물고 늘어진다
가로수와 가로등이 조응하는 것에 대해
발밑의 시선에 대해
너도 그렇게 눈이 부시도록 아름다웠다고

매일 저녁 길을 지우며
길 안에 길을 도사리고 있는 돌멩이
용수철처럼 경쾌한 탄력으로는 다시 돌아갈 수 없으니까
떨어지는 유성우를 함께 목격했다는 이유로
우리는 사랑하기에 충분했다

불빛들이 뒷목을 상상하는 일에 대해
검은 눈들이 쏟아져 내려
발밑에 길들이 명백하게 지워졌다

그림자의 체념에 대해 간격을 재면서
어쩔 수 없이 쏟아진 길의 목덜미를 힘껏 껴안으며
적당한 거리에 서서 지치도록 서로를 비추고 있다

토르소

어제의 냄새들은 어디서
튜브도 없이 허우적거리는지
팔목은 자꾸만 바닥을 짚으려 한다
사력을 다해 무릎을 뻗는다
시선을 모두 거둬들이는 얼굴의 서쪽
인용으로만 이루어진 아름다운 귀
내 것이 아닌 손가락과 발가락들이
뚫고 나오려고 한다
시선이 가져간 얼굴은 자꾸만 따갑다
혀 없는 입을 주렁주렁 매달고 있던 나무들아
욕망이 지나치군그래
우린 모두 한통속이므로
네 몸통에도 꽃이 피길 바라
흰 별들이 머리를 누르며 쏟아질 때
구름을 긁어모으는 손가락들
내게서 도망치는 것들은 얼마나 아름다운지!
더, 더 먼 곳으로 첨벙첨벙 뛰어가는 물방울들
입을 막았던 입과
깨지고 잘려나간 기억의 눈알들이 주렁주렁 매달려 있는
데
이 모든 말들이 내 것이 아니기를

네가 다 가져가서 사용해주길

이 완전한 불안으로부터 돌아오는 말들이

울고 있는지 웃고 있는지

밑동만 남은 가지에서 팡팡

꽃이 핀다

3부

그 여름의 감정

자각몽

―각자(角者)나 무치(無齒)나

　숲의 소란들로 덫에 걸린 줄 알면서 뿔을 길렀지 일격에 받거나 가죽을 물어뜯을 송곳니를 세우면서 뿔을 키웠지 뿔이라고 생각하면서 이빨을 갈았지 각축을 벌이며 먹이를 겨냥한다고 생각했지 마냥 공격하는 자세로 방어하면서 그냥 빠져나올 줄 알았지 이빨을 받으려고 뿔을 물었지 꿈을 바꿀 때마다 새 뿔이 자랐지 그냥저냥 마냥 과녁이라 설정하면서 뿔이나 길렀지 이빨이 뿔인 줄 알면서 뿔이 이빨인 줄 알면서 소란을 키워갔지 덫은 도처에서 비 온 뒤 죽순처럼 뿔을 닮아갔지 내가 그린 꿈의 장면에서 컷을 외치며 뿔을 잘랐지 잠이 꿈인 줄도 모르고 꿈이 잠인 줄도 모르고

유리창

너는 다 가져가겠다고 말한다
팔을 뻗는 대신 눈을 다 주겠다고
바깥의 불행을 모두 쳐다보겠다고 말한다

이쪽 풍경이 저쪽 풍경을 보고 말한다
보고 싶었어,
몰랐구나, 오랫동안
보고 있었어
그곳은 안전하니?
네 그림자를 데리고 나온다면
괜찮을 거야
거기 비가 오는 게 보여?
거기 손을 뻗는 게 보여!
벌레들의 등이 젖는 게 보여?
등이 굽어서 우산이 되어주는 게 보여!
다닥다닥 매달려 있는 것들이
이 안으로 들어오려는 것들이

너는 바라는 것을 다 보겠다고 말한다
바라는 것은 멈출 수 없고
창밖의 일처럼 보이고

너머를 다 보아도
깨지기 전에는 만질 수 없는 것이고

만질 수 없는 것은 건너편에 있고
깨지면 풍경들이 모두 찔리겠지
너는 찔려서 바깥의 모서리를 만져보겠지
그러면 너는,
다 가져가겠지

쓸 수 없는

불가능은 황홀을 데려오겠지

들찔레 곁에서 죽은 뱀
여름의 흰 허리와 녹색 가슴
손과 악수의 협연

흰 달이 때죽나무 그늘을 모두 쓸어가겠지

발과 걸음 사이에 놓인
디딤돌과 걸림돌
돌을 껴안고 건너는
강물의 자의식

어젯밤의 일들
구구절절한 흰 손가락과 검은 손가락이
밤새 어디에서 물큰한 냄새를 풍기며
지칠 줄 모르는 건반 위를 달려왔겠지

더 큰 돌이 모래를 쏟아내겠지

장맛비에 젖어오는 사람도 오겠지

아직 타지 못한 자전거의 뒷자리에
나 대신 감꽃을 쏟아내겠지
그는 바람을 체인에 감고 바닷속으로 갔다네
밤의 능선 위로 반쯤 잘린 달
만져보는 꿈을 꾸기 위해 잠을 잔다네

실패에 대한 보복들로 이루어진 종이뭉치들
불안은 환희를 데려오겠지

누구를 맞히기 위한 것도 아닌데
언 강심에 돌을 던지듯
그냥 지나쳤을 뿐인 사람

너, 거기 손거울 속에 들어 있을 때 얼마나 아름다운지!

그 여름의 감정

풀무치와 방울벌레가
모두 다 와서 울고 갔다
그건 여름의 일이니까

꽃범의꼬리꽃 속으로
박각시나방은 들어가서 나오지 않았다

개인적인 이유로
마당에 구름을 잔뜩 흘려놓고 갔다

이 풍경의 꽃다발에 물을 줘야 한다니
무럭무럭 피어서 마당을 다 덮겠지
구름은 울어서 떨어지겠지

구름을 웅크리는 일은 무릎의 자세를 반성하는 일
그건 여름의 일이니까

아무리 꾸어도 눈물이 나오지 않는 악몽
모두가 웃어야 하므로
내가 너 때문에 웃어줄게

뾰족하게 연필을 깎아 쓰면
네 이름마다 구멍이 뚫리겠다
이름은 구멍 속으로 사라지겠다

처음부터 여기 아무도 없었던 것 같은데
풀밭에서 양을 세는 동안
누가 와서 다 가져갔다

모두 다 울어야 하므로
검정색 물감을 다 쏟아놓고 갔다

의류수거함

아무래도 전생이 이생에 힌트 따윈 주지 않겠지
늘어날 대로 늘어진 스웨터의 풀린 올처럼
거기까지 걸어봤다는 것

흘린 국물과 내동댕이쳐진 소맷자락이
미래를 예감하는 것처럼
꿰맨 자국을 드러내기도 하는 것

아무래도 우린 버려진 적 있지
누군가 빠져나간 손목과 발목의 온기
튀어나온 무릎마저도
예감의 어떤 얼굴로
다시 돌아올 일은 없으니까

우리 같이 누운 적은 없지만
말아 놓은 담요와 베개까지 딸려 나올 때
여기까지 와서 잠 못 드는 밤을 재우겠다는 건 아니겠지
빈 소매를 펄럭이며 손을 잡는 일은 없겠지

비의도 없는 주름의 표정이
살을 맞댄 적은 없지만 엉켜진 적 있지

뼈 없는 유골함에서 가죽만 남은
이 표정들을 모두 수거해간다면
아무래도 이번 생이 후생까지 이어질 것만 같은
불길한 예감, 그러니까

이번 생이 후생에 올 당신의 몸에
잠깐 들어갔다 나와 보는 것 그러면
슬픔까지도 미리 가져다가 먹어보는 것

서쪽 방

방을 치우기로 했어
참 오랜만인 것 같기도 하고
늘 하던 버릇인 것 같기도 하고

내 방의 모서리를 걸어 본 적이 있어
몰락하는 커튼 뒤로
바람이 마음인 듯 만져질 때가 있어

얼다 녹은 빨래처럼 시계에 물이 흐르겠지
마음이 바람처럼 접혀질 때가 있어
절벽인 것 같기도 하고
빙벽인 것 같기도 하고

냄새를 풍기는 설치류의
지나간 이빨자국 같은 것
물로 쓴 편지들의 묶음이
꽃다발처럼 버려질 때가 있어
귀 없는 말의 입이었던 것 같기도 하고
입 없는 말의 귀였던 것 같기도 하고

호젓한 길로 들어설 때가 있어

혼자여서 당신은 아름답겠지
못에 옷을 박고 몸이 살을 빠져나올 때
당신의 이름을 부른 것 같기도 하고
등을 돌려 세운 것 같기도 하고
손가락들은 모두 흩어졌겠지

볍씨의 껄끄러운 감촉들이
눈알을 찌를 때가 있어
당신의 혀로 그것들을 빼내주겠지
처음인 것 같기도 하고
마지막인 것 같기도 한

장편(掌篇)
– 가족의 진화

벽은 수많은 문들의 가능성, 언제 적 가훈이었는지 할머니는 이제 나보다 사탕을 더 좋아하는 어린아이가 되었다

장마철에 자꾸만 흘러내리는 못을 박을 때 엄마는 나비가 날아오지 않는다며 더 이상 꽃무늬 벽지를 바르지 않았다

방문을 함부로 여닫는 일이 많았으므로 누군가 손잡이를 왼쪽으로 돌렸을 때, 열쇠마저 필요 없다는 걸 알았다
우리는 각자의 여름을 선풍기가 돌아가는 방에서 나오지 않았다
귀는 창밖에서 익숙했다

부엌의 개수대가 막히던 날, 배관공 남자가 관 속 찌꺼기를 모두 쏟아냈다 어제와 그제 먹었던 음식들이 소화되지 않은 채 식도에 머물러 있다는 걸 알았다
애초에 모든 건 돌아가게 설계되었으므로
막히는 순간 뚫는 일에만 집중할 수 있었다

우리는 입술 대신 낯빛으로 밥과 국을 식탁에 퍼 날랐다
누가 말해주지 않아도 모든 진화가 편리한 쪽을 택한다는 걸 알고 있으므로

침묵이 더 많은 말들을 공중변소의 두루마리 화장지처럼 쏟아냈다

우리가 참을 수 없이 가까웠을 때
손잡이를 생략한 문들이 늘어났다

그 자작나무 숲으로

창문은 반쯤 열려 있었지 기미나 조짐 같은 건 애초에 없었던 것 열려진 창문으로 새 한 마리가 심장에서 돋아난 자작나무 씨앗을 물고 날아갔어 풍속은 초속 칠 미터 밤이 되면 연기를 북에서 동으로 몰고 갔지 창문을 열고 들어온 자작나무 숲으로 둘러싸인 하얀 방들, 나는 그 나무의 어깨를 쓰다듬던 손가락에 골몰해 있었지 자작나무의 어깨인 줄 알았는데 나의 왼쪽 눈에 쏟아진 당신의 오른쪽 귀 나의 오른쪽 눈에 박힌 당신의 왼쪽 귀 나의 왼손을 어루만지는 당신의 오른발

꽃이 피지 않는 풍경 속으로 자작나무 숲의 하얀 그림자, 붉은 꽃잎의 그림자 한 잎을 따서 베어 물 때 이빨자국 아물지 않을 때 외출하지 못한 나를 하나씩 벗어 던지지 당신의 마트로시카를 하나씩 벗기며 나는 조금씩 작아지지 당신의 심장 박동 수는 내가 눈꺼풀을 내릴 때, 눈시울에 속눈썹 하나가 발등에 떨어질 때, 순간 커튼이 내려지고

바람은 이제 방향을 바꾸는데 새들은 이미 작은 나무에 부리를 다듬고 있는데, 나는 조금씩 증발하지 내가 당신의 새로운 방을 투명한 창문으로 활짝 열어줄 때 방생한 숲의 기운들이 사위어갈 때 잘린 당신의 흰 뼈들을 수습할 때

밤의 귀 낮의 입술

우리는 전생이라는 말 대신
썩 괜찮은 이별이라고 불렀어야 했다

거기 모조리 두고 온 것들
온통 귀로 물든 밤을
낮의 입술이 다 지워서는
지샌 밤의 눈이 다 떠져서는
감을 때까지

잘 자, 라는 말 대신
썩 괜찮은 악몽이라도 꾸었어야 했다
팔을 뻗으면 닿을 엄두만 내다가
낮의 입술이 밤의 귀를 다 열어서는
읽을 때까지

우린 왜 자꾸 들어본 적이 없는 소리에만
깊은 우물을 파는지

물속에 두고 온 것들이
가뭄에 모조리 뼈대를 드러낼 때까지
입술을 끔뻑끔뻑 달싹이는 붕어처럼

손톱

한밤에 손톱을 자르는 일은
누군가 톡톡 노크하고 있다는 얘기
오래 전 당신이 내 뼈 속에 들어와
몰래 번식해 놓은, 차갑고 투명한
내 살점을 뜯는 일
당신의 피톨 속에 애초에 내가 없음을 확인할 것

언젠가 내가 당신 뼈 속에 들어가 발아한
말들이 점점 자란다는 얘기
단단하게 굳어서
물집이 잡히지 않는다는 얘기
골절된 말들이 하릴없이 튀어나와
얼음조각처럼 녹는다는 얘기
해빙기엔 물고기가 걸릴 수도 있으니 조심할 것

당신이 두드린 밤을 밀봉할 수 있다면
이제 장미의 살을 찢지 않아도 되리
당신의 콧날을 스치지 않아도 되리
당신의 눈과 귀와 입술을 깨뜨릴 것
깨진 거울에 콧날을 비추지는 않을 것
당신의 콧김과 내 입김의 온도 차이를 계산할 것

손톱을 자르는 일이란
자라나는 당신의 말들을
조각조각 심는 일
유전하는 당신의 말들에
뿌리를 내리는 일
바람으로 왔으니 바람으로 보내줄 것

하여, 손톱을 자르는 일이란
당신 곁에 이제 순장하고 싶다는 얘기
부디 내 살점을 뜯는 일
태초에 갈비뼈가 아닌 손톱에서 왔나니
아프지 않을 것

귀가 없다

우리의 눈들은 포도송이처럼 달려있으나 열려있지 않고
우리의 판단은 안경을 맞추지 못한다

아파트의 개들은 더 이상 짖지 않아도 되고
주인을 위해 성대와 꼬리를 자른다

난간에 기대어 우리는
뜨거운 커피를 익숙하게 마실 줄 안다
피튜니아 화분을 떨어뜨리며 낙화, 라고 믿는다

정오에 부르는 결혼식의 축가를 기억하지 않으며
저녁 영정에 올리는 흰 국화의 향기를 애도하지 않는다

우리의 이별에는 애틋함이 사라졌다
옛 애인의 편지를 태우지 않듯
지난여름 뱉었던 앵두씨의 싹이 궁금하지 않다

우리는 식물도감에서 훔쳐온 붉은가문비나무 씨앗을 암
실에서 배양한다
싹수가 노란 잎들은 어둠을 부수고 무럭무럭 자란다
우리의 희망은 기다리기도 전에 도착한다

이 별의 숫자는 너무나 정확해서
세슘원자가 놓친 1초를 궁금해하지 않는다

우리의 눈들은 주렁주렁 매달리고
우리의 입들은 호른처럼 커진다
호른처럼 귀가 없다

토마토

인식하지 않아도 돼
벌겋고 물컹한 얼굴들

한꺼번에 터지는 것에 대해
대책 없이 흘러내리는 것에 대해
미끈한 불안에 대해

한방에 아웃시키는 권투선수처럼

근린공원을 무심히
산책하는 동안
애완견들의 배뇨습관을
길들이는 동안
아무 일도 없는 것처럼
숨을 참으며 푸른 얼굴로
계단을 그리면서
네 칸씩 다섯 칸씩 뛰어내려도 돼

물컹한 살들이 도약
아닌 비약처럼
붉게 달아오르는 불편에 대해

우리에겐 좀 반전이 필요했다

흰 접시를 흐물흐물
더럽힐 때까지
내장을 다 보여준다면

꽃의 절벽

나는 공중에 방을 들이고
떨어지는 것들의 신발을
온전히 추락하는 것들의 발바닥을

사랑은 절망의 꽃다발에 동시다발적으로
피어난다는 걸
폭죽처럼

너의 방은 지상에 있어 발바닥은 언제나
밑으로 향해 있어
위험해서 좋아 보여
딛고 있는 발과 매달려 있는 발이 모두
악착같이 붙들고 있어서

우리는 십 센티미터씩 방을 키우고
노란 달의 검은 눈이
감은 밤의 눈을 다 덮을 때까지
거기 그렇게 오랫동안 나란히 묘혈을 파고

누가 먼저 썩어갈까
매달려 있는 동안 발톱은 자라고

방들의 문을 하나씩 닫는다

공포의 안정된 구름을 너희 집 지붕에 그려줄게
풍선을 불면 바람이 한꺼번에 빠져나가려 안간힘을 쓴다
괴상한 노래가 너희 집 창가에 퍼지겠지
방문을 조금만 열어 줘

이 공간에서도 시간이 휘어지고
젤리처럼 부드러운 지름길이 있어
더 빨리 방들의 문을 열고 눕고 싶어
질 때까지
우리는 최대한 빠르게
지상으로 낙하하는 중

감정의 소환 1

나의 말은 무겁고 좀처럼 멀다

도서관에서 활자들이 무너지는 굉음을 듣는
흰 종이의 감정, 여백이라고 하기에는

총체적인 감정의 꾸러미를 달고
착지하는 순서를 기다리는 지네의 발목들
지진을 읽어내느라 분주해진 뱀의 허리
어떤 징후를 지배적인 감정이라고 하기에는
너무나도 아귀가 잘 맞는 테트리스 같아

채워지자 무너지는 당신과 나는
(감정의 지배자라고나 해야 할까)

음식물은 소화하는 쪽으로 퇴화한다 소화불량 쪽으로
적응한다
(적응하기 위해 진화하는 건 아니니까요)

하얀 *접시*에 붉은 케첩을
붉은 *접시꽃이* 떨어진 줄 알았지
그건 *접시가* 꽃을 이해하는 방식

먼 여행지에서 돌아와 젖은 짐을 풀 때 드러나는 것들
반쯤 쓰다 남은 치약에서 물컹한 슬픔을 다시 짤 때

개구리들은 밤을 울어주느라
연못의 물을 모두 마셔버렸다는 얘기가 있지
그럼 그건 시대의 어둠이라고
그런 진부한 얘기들은 저버린 지 오래라고
통렬한 슬픔의 발라드는 흐르는데

행간이 너무 멀어서
다리가 긴 사람만 건널 수 있는 돌다리
두드려보라는 은유도 모르고
'모든 벽 속에 문(門)의 감정이 숨어 있을 거라고 생각하지
는 말지어다.'
나의 하느님은 왜 이 말씀을 안 하셨을까?

세상에서 가장 위대한 사람은 진흙탕에 뛰어내린 사람,
의 온몸에 달라붙은 진흙의 감정
망자들을 다시 불러오는
이 모든 퇴화를 다시 부르는

공원의 방식

블록이 말끔하게 나누어진 오후의 공원은 다정하다
웃자란 풀들은 규격에 맞게 잘려나갈 조신한 숙녀들
비둘기들은 공평하게 살이 찐다
한가한 유모차는 블록을 따라 주행연습을 한다
의자는 나무의 방식으로 서 있고
사람들은 의자의 방식으로 앉는다

공원은 벤치 위에 다소곳하다
한 저녁이 늙은 자작나무 가지를 검게 새기며 들어가는
걸 본다
누가 이 공원에 어울리지 않게 자작나무를 심어놓았을까

발목에 묻은 흙을 털며 붉어지는 예측할 수 없는 구름들
방금 누군가 앉았다 간 그네가 흔들린다
타인이 흔들고 간 그네는 어떤 방식으로 멈추는가,
그네가 던지는 질문의 정당성에 대해 의심할 수 있는가,

그네가 멈추는 순간 그네가 사라졌다
한 계절이 손톱을 찌르며 올 때 잠시 쓸쓸해졌을 뿐인데
점유할 수는 있으나 소유할 수 없는 바람의 방식대로
공인된 꽃들이 피어나는 곳

4부

두 개의 심장을 가진 밤

정사(正事)

뱀을 신고 걸었다
발뒤꿈치 갈라진 두 개의 혀
서로
밟히거나 물리지는 않은 것 같다

내가
반짝여서 잠깐 아름다웠으나

거울 속의 일이다

다만
신발이 큰 탓이었음을 자각하면서
힘껏 걸었다

바른 일이다

저녁의 이사

  저녁에 이삿짐을 꾸리는 고단한 새의 발톱을 본 적이 있
다
  달빛이 무거워 오동꽃이 쏟아지는 밤이었다
  나무둥치 어디쯤 세간들이 사다리차를 타고 내려오다
문득 멈출 때
  바람이 새는 빈 방을 마지막으로 점검하듯 덜커덩거릴 때
  비죽 튀어나온 숟가락의 어금니가 아려오는 것
  늦은 밤 빈 부리로 돌아오는 어미 새의 눈빛 같은 것
  그때 둥지를 엮었던 마른 풀잎의 뒤척이는 소리를 들었
다
  둥지는 바람 속에서 흙의 색을 닮았다

  새들에게 마지막 보루란 멀리 날아야 하는 공기주머니를
  어쩌면 밤마다 몰래 부풀려 왔다는 것

  팽팽한 기낭을 어찌할 수 없어 오동나무에서 들메나무로
이사하는 동안
  새들은 국경을 꿈꾸었을 것이다
  이사 온 저녁의 첫 밤을 짊어지며 서로의 허전한 내장을
  부리로 쪼아대다가 좁은 어깨를 포개고 잠을 청한 날들
  달빛을 비추면 동사무소 서랍엔 씨를 발라낸

마른 버찌들이 달그락거릴 때 깃털의 젖은 물기를 말리곤
했을 것이다
어떤 색깔의 공기를 만나도 부패할 일 없다는 듯이
그 아침 내내 간밤에 꾼 꿈을 점검하다 등본을 새긴 줄이
늘어갈수록
문서의 귀퉁이가 바람에 닳고 있다는 것을 안다

들메나무 묵은 가지에 꽃들이 여러 번 피어나듯
몇 번의 첫눈이 또 쌓인다
긴 노정을 위해 빛이 바랜 세간들을 단단히 묶어둔다
공기주머니가 팽팽하다

새들은 오늘밤 국경을 넘을 것이다

돌연, 종이

흰 종이에 밤이 내렸다
아무데나 발자국을 찍고 다녔다
찍힌 게 낭자한 무늬였다
벼랑 끝에서 뛰어내렸다
더듬거리니 캄캄한 밤이었다

불안은 불안만 먹는 편식의 대가입니까?

의지가 지나쳤다 지나치다 보니 돌연,
변이가 생겨났다

절벽에서 수백 번 떨어지면
떨어지면서 양팔을 휘저으면 돌연,
깃털 같은 것이
공기가 저항하길 거부하면
거부하면서 퍼덕거리면 돌연,
날개 같은 것이 생길 것만 같았다

공중이든 물속이든 상관없이
지느러미 같은 것이
다행히도 급소라는 약점이 결핍처럼

가려운 데가 생기면서

벼랑 끝에서 날개가 날개이길
포기하면서
물속에서 지느러미가 헤엄치길
거부하면서
우린 자유낙하하기 시작했다

발가락들

여기
없는 것들

절망의 어처구니와
애도의 유통기한

거기
뿔 없는 착한 사슴들
서슴없이 흰 눈 위에
붉은 피를

검은 바다
노란 배의
발자국 낭자한
긴 행렬들

저기
배를 뒤집는 물고기의 흰 배
망설임 없이 망설 위에
쏟아지는 뾰족한 혓바닥들

슬픔의 함성 밑바닥
추운 발이 닿지 않는 곳 거기
희디 흰 발가락들이 꼬물거리는

뒤집힌 우산과
쏟아지는 노란 매듭의 거기
푸른 사과의 뒤꿈치
밟히는

생일 케이크에 더 많은
초를 꽂아둘 걸 그랬어

N

내 손목을 잡고 날아올랐을 때
우리 발밑으로 강물이 반짝이며 흐르고 있었다는 걸
알고 있었니?
내 발목에 묶인 모래주머니를
네가 힘껏 떨어뜨렸을 때
강물의 비늘이 가볍게 튀어 오르는 걸
저녁 공기에 떨리는 꽃잎처럼 우리의 몸이
투명하게 바다를 건너고 있었다는 걸

하나의 나뭇잎을 둘이서 갉아먹는 애벌레처럼 우리는
초록의 동굴 속으로 기어들어갔지

알고 있었지, 우리는

우리가 탄 성[星]이
목적지라고 믿고 싶은 곳을 향해
돛을 달고 있었다는 걸
우리의 탄성이
마법사의 모자 속에 숨겨둔 뱀처럼
두 갈래의 혀에서 달콤하게 터져 나왔다는 걸

흰 비둘기는 어디로 날아갔는지

감추어 두었던 노린재꽃 향기를 네게 주려고
안달이 난 벌처럼 웅웅거리며
가벼워지고 싶었지

우리라고 불렀던 밤들, 싸워왔던 목소리들
네 손에 남겨진
전리품이라고도 부를 수 없는 것들

가시덩굴이 둘러싸고 시간이
거기 그렇게 얼어붙어 긴 잠을 깬
이제 우리라고 부를 수 없는 어느 날
내 손바닥에 남겨진 노획한 머리카락처럼

두 손

한 마음이 마음을 건너는 일

빗방울은 발자국이 춥다

건초 위에 떨어지는 암소의 뜨거운 오줌발처럼

죽은 여자의 희고 가느다란 손가락으로 흘러내린

다섯 장의 유서처럼

빗방울 하나는 빗방울에게로

빗방울은 빗방울로

넘어지면서 젖는다

쓸모없는 유서들이 툭툭 끊어진다

나뭇가지 끝에서 닿기로 한 손가락들이

한 가지에 피었다가 어디로 날아가는지

풍선을 가슴에 껴안고

더운 공기를 밀어 올리면

슬픔은 물풍선처럼 부풀어 오르겠지

음악은 어떻게든 터져서

두 손에 흥건하게 받아내겠지

착한 노래

공손하게 두 발을 모으고 깍지 낀 손은
체리 빛 가슴까지
밀어 올리며 불러드리죠

우물에 빠진 보름달이
우물물을 다 마셔버리기 전에
도처에 숨어 있는 리듬과
근처에 나타나는 비단구렁이무늬의 패턴과
번개보다 늦은 걸음 뒤로
울고 간 우레 뒤에
으레 나타나는 무지개처럼

착한 노래를 불러드리죠
발목과 손목은 왜 그리도 슬픈 목을 지녔을까요
겨우 버티거나 가까스로 꺾이고 마는
위험한 건널목은 스릴이 있어

한시적으로 건너오는 기린이 뿔도 없는
별자리를 찍느라 목이 빠지기 전에
매번 절정 없는 노래를 부르다 헤어지는 연인들처럼
멋진 가사들은 어디가고

후렴구만 남발하는지

한시적으로 살아나는
주술가를 불러드리죠
기린이 별자리를 지우느라 눈썹이 빠지기 전에
주술사를 불러들이죠

절정 없는 노래들은 이 밤 가득한데
예초기에 무대를 빼앗긴 벌레들은
사다리를 타고 나무에 오르는데
밤을 빼앗긴 철거민의 노래를
돌려드리죠

두 개의 심장을 가진 밤

나는 언젠가 죽었던 적이 있다 그러므로 모든 노래는
환생한 기록에 대한 기록이다
두 개의 어두운 구름을 지나 별들이 운행할 때
하루의 사건을 모두 빨아들이는 죽은 별들의 구멍 속으
로
우리는 초속 11킬로미터의 탈출속도를 가진 분자들

발목을 잡을수록 달아나고 싶어

사과 속 벌레는 지름길을 만들고 나는 사과 한입 베어 문
다
오늘 내가 당신과 겹쳐있다면 미리내처럼 과즙이 흐를 거
야

왼손에 창을 들고 오른손에 방패를 쥔 채
어제의 내성으로부터 뛰쳐나가기 위해
오늘의 중력으로부터 이탈하기 위해

탁상시계 앞에는 그날을 기록하는 서기들
심장은 왜 왼쪽으로 기울었을까?
우리는 알 수 없는 일들에만 흥분했다

그러므로 오늘 내가 당신과 겹쳐있다면 나의 생은 반복
되어도 좋아

손바닥이 폈다 감기는 순간 길은 보이고 당신은 내 손금
위를 걷는다
분꽃이 피는 동안 딸기가 익고
커피가 식는다 촛불이 탄다
화살이 궁수의 시위를 떠나 과녁을 맞힐 때까지

이 시간은 영원히 당신 것인지?
전생이 자꾸만 나를 간섭해
호두나무 잎사귀에 잠 든 기억들, 안녕? 안녕!
둥근 별 위에서 우리는 두 번 만난다

죽은 별들의 구멍 속으로 빨려 들어가는

샌드 페인팅

나는 나를 모래 위에 그리는 중
얼굴은 아직도 봄의 목성 주위를 천천히 돌고 있다
밤마다 별빛을 받은 손바닥은 붉어지는데
태양이 각도를 바꿀 때마다 몸에서는 자꾸만 때늦은
잎사귀들이 자라기 시작하지

나는 아주 빨갛거나 파랗거나
눈을 감으면 내가 찾는 색의 잔상이 잡힐 것 같다

모래 틈에 발자국을 지운 낙타의 눈썹 하나를 찾아야
하는데
손가락은 자꾸만 모래 속에 달구어지고
연민은 나를 커다랗게 그리는 중

모래는 바람의 잔상, 기하학적 무늬를 빗질하고
눈을 감으면 또다시
나는 아주 뜨겁거나 차갑거나

새들이 영혼을 물고 날아와야 침처럼 샘이 고일 텐데,
인디언들의 검은 입술에서는 방언이 흘러나오고

두 눈이 사라질 때 온몸에 거대한 눈들이 자란다네
손끝은 점점 무뎌지는데
나는 아직도 나를 치료하는 중

바람이 모래를 지우면 벌써 열두 번째 봄
한 번도 그려보지 못한 얼굴로
나는 아직도 목성에서 빙빙 돌고 있는

오필리어를 꿈꾸는 흰색 도화지

문득, 어쩔 수 없을 때 내가 나에게로 보내는 소포 신발을 벗고 입술을 반쯤 뜬 채 귓속까지 물이 차오르는 창백한 손바닥 가벼운 구름을 꽃다발처럼 받쳐 들고 내가 나를 뚫고 나오는 겹겹의 종이인형들 생각이 나를 여러 번 그렸을 때 원본을 잃은 채 뛰쳐나오는 판화들 사이프러스나무 그림자 사이로 까마귀는 날고 꽃잎 장식처럼 흥건한 혈관을 타고 내려오는, 꺾인 목들이 피어나는, 나는 나를 변신하는, 나는 나를 찢는, 두려운 원숭이는 정글을 떠나지 않아 더욱 캄캄한 곳에 몸을 숨기고 나는 나에게로 포장되는, 붉은 뺨은 아직 식지 않았는데 그게 사랑이었을까, 그것도 사랑이었을까, 제비꽃 푸른 핏물 수장되지 않고 차갑게 떠가는, 내가 나에게로 보내지는 마지막 입김들

스태킹*

컵이 컵을 삼키고 컵이 컵을 뱉는다
컵이 컵을 입고 컵이 컵을 벗는다
컵이 컵을 짓고 컵이 컵을 분양한다
컵이 컵을 나누고 컵이 컵을 배열한다
컵이 컵을 쌓고 컵이 컵을 무너뜨린다
컵이 컵을 낳고 컵이 컵을 유산한다
컵이 컵을 지휘하고 컵이 컵을 해산한다
컵이 컵의 간격을 재고 컵이 컵의 틈이 된다
컵이 컵의 외부를 숨기고 컵이 컵의 내부를 보여준다
컵이 컵의 공간을 점령하고 컵이 컵의 경계를 분할한다
컵이 컵의 알맹이를 먹고 컵이 컵의 껍데기를 양산한다
컵이 컵의 입구를 열고 컵이 컵의 출구를 차단한다

출구를 차단한 진공의 컵들이 한 줄의 무덤이 된다
왼손이 오른손을 잡기 전에 오른손이 왼손을 도망친다
흰 손들이 재빠르게 겹친다

* sports stacking

내 몸이 책갈피에 끼어들어갔다

이 무슨 절망도 희망도 없이

다행히 나에게도 몸이라는 것이
없는 것처럼 느껴질 때

빌려온 책 속에서 책갈피로 딸려 나온
머리카락이 누군가의 간절한
몸으로 읽혀질 때

그 몸이 나에게 결핍되어 있기라도 한 듯
내게 온 흰 빛처럼
거기 있으므로 오직
검은 셔츠에 붙은 실오라기의 흰 표정으로
발각되기를 기다리듯

누군가의 간절한 몸으로도 의탁할 수 없을 때
배꼽의 어디쯤
겨드랑이의 어디쯤
잠깐 다녀간 사람의 앉았던 자리 같은
마음이 나갔다가 되돌아온 곳에
표지처럼 서 있었던 것이다

이 무슨 패배도 없이 폐허도 없이

읽다만 페이지에
푸른 금 같은 밑줄로
나는 잠깐 끼어들어갔던 것이다

감정의 소환 2

밤이 힘쓰고 있는 검정의 균형

재와 눈사람
밤의 왼쪽 뺨과
검은 입술과 검은 점
이런 입체적인 밤은 불가피해서
다 그리지는 못해요

밤의 능선 위로
호두나무가 벗어놓고 간
쓸모없음의 옷가지들
잎사귀가 뱉어내는 구강 대 기공의 키스

도착했다 싶었는데
만질 수 없어서
위성이 되어버린 것들
불가능성, 금지와 지금
서성거림, 궁리와 도주

깍지 낀 손가락 사이로
지옥과 천국

나만 아는 무덤

모래사막은 신기루를 유령처럼 숨겨놓고
달의 위성이 되어버린 것들
달맞이꽃, 바다, 파도
모두가 도착한 건 아니에요

밤의 악사들이 벗어 놓은 모자에
내리는 흰 눈처럼
모래밭에서 사금을 줍는 처녀처럼
빛나는 것들은 손가락 사이로 반짝이다
빠져나가는 것이어서

작별인사

잘 읽어주세요
어제의 손가락들 어제의 구름들
작별도
인사니까
아름다워야 합니다
팔을 빠져나간 외투가
가볍게 손을 펄럭이며
여기와
거기에
몸들이 나누어져 있습니다
골짜기 깊은 인중을 가져갈게요

잘 보내주세요
그동안의 이파리들 그동안의 물방울들
나른한 평화와 미간을 가져갈게요

노란 구명조끼의 저항들로
허우적거리는 눈꺼풀들

입속에서도 흘러서 새는 것
손에 가득히 부서져 내렸던 것

이 주머니에 모래밖에는
모두 가져가거나
모두 남기시든지

작별을 인사(人事)했는데
인사(人死)해서 떠나지 못합니다

암중모색

　눈을 감고 바라보았다 지렁이의 시간 속에서 두더지의 뾰족한 털이 자라나길 기대하면서 거꾸로 박힌 털을 하나씩 길러내며 역모(逆毛)를 꿈꾸듯 더듬거려 보았다 삶을 자꾸만 실험하면서 실패를 반복하면서 어떤 가설도 정설로 받아주지 않는 암실에서 이 실험실의 각성제와 수면제의 틈에서 썩지 않는 화학공식을 깨면서 희미하지만 더듬거리는 손가락들에게 램프를 쥐어준다면 지렁이의 눈에 안대를 씌어준다면 삶도 자꾸 닳아져서 희미해지겠지 살을 닳아가면서 몸의 털들이 일어서며 삶을 살아가겠지 삶이나 살이나 화살을 뒤쫓아가겠지 두더지의 시간이나 지렁이의 시간이나 텅텅 울리는 암실에서 아무도 가르쳐 주지 않는 텅 빈 교실에서

낯익은 낯섦과 낯선 낯익음의 언어들

조동범(시인)

이상한 나라의 들판과 강물과 꽃들

여기에 조금은, 조금은 이상한 나라의 들판과 강물과 꽃이 있다. 들판과 강물과 꽃이 있는 풍경은 익숙한 듯 보이지만, 들판에 출렁이는 것은 초록의 풀이 아니고, 강물은 높은 곳으로부터 낮은 곳으로 흐르지 않으며, 꽃은 더 이상 아름답게 피어나지 않는다. 그러나 이와 같은 이상한 나라의 풍경들은 처음부터 그런 모습이었던 것처럼 어색하지 않게 하나의 풍경을 완성해낸다. 그리하여 이상한 나라의 들판과 강물과 꽃은 낯선 듯 낯익고, 낯익은 듯 낯선 모습으로 우리 앞에 그 모습을 드러내게 된다.

하기정의 시집『밤의 귀 낮의 입술』은 바로 이와 같은, 낯익은 듯 낯설고, 낯선 듯 낯익은 풍경을 제시하며 개성적인 시적 영토를 우리 앞에 선보인다. 그리하여 그의 시는 이런 양면적 풍경을 매개로 우리의 미의식을 자극한다. 이처럼 하기정의 시는 그 어떤 익숙함에 기댄 채 낯선 이미지를 만들기도 하고, 낯선 정황을 익숙함으로 위장하기도 하며 우리의 감각을 새로운 지점으로 견인한다. 그리하여 우리는 이 시집을 읽는 내내 어울릴 수 없을 것만 같은 양가적 감정에 휩싸인 채, 시인이 만들어 놓은 특별한 미의식의 세계와 맞닥뜨리게 된다.

> 미안한 것들에 대해
> 문턱에서 누가 한참을 울고 갔던 것이다
> 수상한 것들에 대해
> 이상한 것들에 대해
> 귀뚜라미는 검은 나무를 갉아먹는 것이다
>
> 올 수 없는 것을 기다리며 근거도 없이 서성거리는 것이다
> 시월의 웅덩이에 개구리가 울어주는 것이다
>
> 아직도, 라고 들리는 것들에 대해
> 털들이 보송보송 일어서는 것이다
> 계수나무 곁을 지나가다
> 이상한 감각이 생겼던 것이다
>
> — 「이상한 계절」 부분

하기정의 시집 『밤의 귀 낮의 입술』은 낯익음 낯섦과 낯선 낯익음이라는 이율배반적인 모습으로 우리 앞에 모습을 드러낸다. 그의 시는 익숙한 시어가 작품 전반을 지배하고 있지만 시어 사이의 간극을 넓힘으로써 이미지와 감각의 낯선 충돌을 극대화하고자 한다. 그것은 마치 "수상한 것들"이나 "이

136

상한 것들"처럼 신묘하게 우리 앞에 당도한다. 하기정의 시는 언뜻 익숙한 시어와 절제된 감정을 내세워 전개되는 듯 보이지만, "귀뚜라미"가 "검은 나무를 갉아먹는" 것과 같은 이미지의 낯선 충돌을 통해 낯익음을 끊임없이 극복하고자 한다. 또한, 이와 같은 풍경은 "시월의 웅덩이에 개구리가" 우는 장면과 "틸들"과 "계수나무"라는 생경한 정황으로 전이되기에 이른다.

하기정의 시는 서정과 전위의 경계에서 자신만의 개성을 찾고자 하는 것처럼 보인다. 그의 시가 특별한 감각을 동반하며 다가오는 이유는 서정과 전위의 묘한 접점을 탐문하고자 하는 노력 때문이다. 그러나 그것은 서정을 근간으로 한 전위도 아니고, 전위를 배경으로 한 서정의 양식 역시 아니다. 하기정은 그저 서정과 전위의 경계에서 자신만의 개성적인 영토를 개척하고자 할 뿐이다.

언어의 낯선 결합과 감각

하기정의 언어는 개성적인 영토를 구축하며 우리 앞에 당도한다. 그것은 때로 2000년대를 달구었던 전위의 모습과 친연성을 보이기도 한다. 그러나 위에서 밝힌 바와 같이 하기정의 시는 전위를 전면에 내세우지 않는다. 오히려 그의 시는 차분한 어조와 정제된 정황으로 인해 서정적 특성이 강하게 드러나기까지 한다. 그런 점에서 하기정의 시는 특별한 감각으로 이루어진 서정의 양상이라고 할 수 있다. 하기정의 시는 낯익은 듯 보이는 서정적 시어들을 낯설게 충돌시킴으로써, 서정적 시어가 전달하는 낯익음의 정서를 끊임없이 배반하고자 한다.

올빼미가 박달나무 둥지로 야반도주해도
우편물은 잘도 도착합니다

반짝 켜지는 쥐의 근육처럼
내몰릴 때
우리는 네 개의 모서리를
다 걷기로 해요

투명해지는
연습을 하며

손전등을 끈 채 밤의 뼈대를 더듬는 거죠
숨는 것이 지겨워 얼마나 많은 엑스레이를 찍었는지요

— 「야간등화관제」 부분

그래도 여전히 오 분 뒤에 빵은 부풀어 오르겠지
빵을 뜯다가
냄새는 계절을 건너뛰겠지

아이스크림은 입속에서만 녹기를 바랄 테니까

— 「이상한 계절」 부분

하기정의 시는 분절된 감각과 이미지를 통해 기존의 시적 정
서와의 친연성을 배제하고자 한다. 하지만 기존 시의 정서를

벗어나고자 하는 시적 방법론을 극단적으로 전개하지는 않는다. 그럼으로써 그의 언어는 2000년대 이후에 등장한 낯선 어법과의 차별화에 성공을 거두게 된다. 그렇다고 해서 그의 시가 전통 서정의 방식에 기대고 있는 것도 아니다. 하기정의 시 언어는 어느 한 곳에 치우치지 않은 채, 자신만의 영역을 확보하려고 노력한다. 그리하여 이질적인 언어들을 하나의 세계 안으로 끌어들여 충돌시키고, 그것을 통해 자신만의 시적 영토를 마련하고자 한다. 이러한 방법론을 통해 그의 시는 낯익은 듯 새롭고, 새로운 듯 낯익은 세계를 만들어내게 된다.

「야간등화관제」는 "올빼미"와 "박달나무 둥지"라는 익숙한 자연물을 "우편물"이라는 낯선 시어와 결합함으로써 기존의 자연물이 주는 익숙한 감각을 벗어나게 한다. 그리고 그것은 이어 "쥐의 근육"으로 전이되고, 이것은 또다시 "네 개의 모서리를" 걷는 낯선 지점으로 연결된다. 그러나 여기에서 감정의 극단적인 양상이나 정서의 파괴는 보이지 않는다. 그리하여 그것은 낯선 이미지의 연결 속에서도 자연스럽게 이어지며 하기정 시의 개성이 되어간다.

「이상한 계절」에서 역시 시적 대상과 이미지가 낯선 영역으로 전이되며 새로운 감각을 환기한다. 그런데 이러한 낯선 전개는 작품 전반을 지배하고 있는 익숙함의 감각을 낡지 않게 만드는 이유가 되기도 한다. 사실 하기정의 시는 우리에게 익숙한 시적 대상이 시 전반을 지배하는 경우가 적지 않다. 이러한 점은 일견 그의 시를 익숙한 감각의 그 무엇으로 오해하게 하는 경향이 있다. 하지만 「이상한 계절」의 예에서와 같이,

익숙함은 낯선 전개를 통해 새로운 감각으로 전환되기에 이른다. 이를테면 "오 분 뒤에" 부풀어 오를 빵을 이야기하던 시인의 시선이 어느새 "계절을 건너뛰"는 냄새에 가닿는다거나, 이것이 "입속에서만 녹기를 바라는" 아이스크림이 된다거나 하는 전개가 그러하다.

> 사슴의 뿔과 사슴벌레의 집게발가락
> 땅강아지의 앞발과 강아지의 꼬리와
> 개복숭아와 개살구
> 스탠드가 비추는 흰 손가락과
> 동그란 가로등 불빛에
> 동그랗게 떨어지는 눈의 흰 뼈
> 심장 위에 얹은 오른손과
> 보폭을 재는 왼발
>
> 시인의 말과 시민의 발
> 조지 오웰의 농장과
> 쌍방울메리야스의 겨드랑이를 박고 있는
> 미싱의 공장과
> 그날 게르니카의 암말과
> 그날 노근리 암소의 창자빛 붉은 울음과
>
> ─「사이」 부분

시어의 낯선 관계는 다른 문장으로 전이되는 과정을 통해 드러날 때뿐만 아니라 하나의 시적 대상을 표현할 때에도 나타난다. 또한, 시 전체를 관통하는 낯익은 감각 속에 낯선 시어와 정황을 삽입함으로써, 작품 전체가 새로운 감각을 환기할 수 있도록 작품을 구조화하기도 한다. "스탠드가 비추는 흰 손가락"이 "동그랗게 떨어지는 눈의 흰 뼈"와 낯선 관계를 구축하는 것이 그러하며, "눈의 흰 뼈"와 같은 하나의 시적 대상이 '눈'과 '뼈'라는 낯선 조합을 통해 새로운 감각을 획득하게 된다는 점이 그러하다. 이처럼 하기정의 언어는 연관성이 희박한 두 개의 지점을 연결하여, 그것들의 간극이 만들어내는 이미지의 새로움을 끌어안으려 한다. 그럼으로써 하기정의 시는 개성적인 상징의 세계를 확보하게 된다. 그러나 이와 같은 낯섦의 감각은 단편적인 시어나 문장의 차원에 머물지 않는다.

일견 익숙한 시어와 정황이 지배하는 듯 보이는 하기정의 시는, 그것과 어울리지 않는 시적 국면을 작품 곳곳에 배치함으로써 낯선 이미지의 감각을 작품 전체로 확장시킨다. 그리고 이러한 특성은 정서적 충격을 유발하며 우리를 기시감과 미시감이 혼재된 매혹의 지점으로 안내한다. 보편적인 시적 대상과 정서를 다루던 「사이」에서 갑작스럽게 "조지 오웰의 농장"과 "쌍방울메리야스"와 "게르니카의 암말"과 "노근리 암소"를 언급하는 것처럼 말이다.

바람의 발바닥이 찍은 무늬, 흰 건반과 검은 건반을 건널 때
참새의 부리에 대해 낭만적으로 얘기할 수 있다면
우린 정기적으로 펜션 따위에 방을 잡고 놀러가진 않을 거야

기린의 목을 덥석 베어 문 악어의 이빨과

누구에게도 자국 하나 남기지 않는 달팽이의 젤리 같은 이빨은

같은 방식으로 매혹적이야, 이 모두를

다치지 않고 사라지게 하고 싶어

—「당신의 심장과 무릎과」 부분

「당신의 심장과 무릎과」는 "참새의 부리에 대해 낭만적으로 얘기"하려는 작품이 아니다. 이 시에 등장하는 '바람, 참새, 낭만, 기린, 달팽이, 젤리, 매혹' 등의 익숙한 정서와 대상은 우리에게 그 어떤 상투성을 떠올리게 하기에 충분한 것들이다. 하지만 이것들이 하나의 작품 안에 이질적으로 수용됨으로써, 시어들은 기존의 시적 감수성을 극복하며 낯선 감각을 형성하게 된다. 이처럼 하기정의 시는 시 전반의 분위기와 어울리지 않을 법한 시적 대상을 호명함으로써 시적 이미지의 극대화된 충돌을 만들어내고, 그것을 통해 작품 전체에 낯섦의 미학을 부여하게 된다.

당신의 팔과 다리 그리하여 몸의 언어들

몸이라는 외적 요소는 그 자체가 하나의 실존을 의미하기도 한다. 일반적으로 우리의 인식 체계가 처음 맞닥뜨리는 것은 정서적이거나 정신적인 것들이 아니다. 우리가 실존으로 인식하는 일차적인 요소는 우리의 외적 모습을 형성하고 있는 몸이다. 따라서 몸을 인식하고 그것을 시에 드러낸다는 것은 우

리라는 주체를 인식하는 것과 다르지 않다. 정신은 몸을 통해 구현되기 마련이며, 몸을 매개로 우리는 자신을 비롯한 모든 실존과 조우하게 된다.

하기정의 시를 읽다 보면 인간의 몸과 관련된 시어가 상당히 많이 등장한다는 점이 유독 눈에 들어온다. 그러나 인간의 몸과 관련된 시어가 빈번하게 쓰이기는 했지만, 그것은 몸 자체를 탐문한다기보다 몸과 관련된 언어를 통해 자신의 시적 세계와 사유를 구축하려는 노력의 일환으로 보인다. 하기정이 제시하는 몸의 시학은 몸을 통해 끊임없이 외부 세계와 관계를 맺으려 하거나, 상처받은 몸을 통해 파국으로서의 세계를 상징화하려고 한다. 그런 점에서 하기정의 거의 모든 시에 몸과 관련된 시어가 쓰인 것은 상당한 의미가 있다고 볼 수 있다.

나의 영혼이 너의 두 다리를 좋아해
귀처럼 사랑스러운 다리
질긴 고기를 뜯기엔 초록의 물든 앞니가
마시멜로 같다
가볍게 착지하는 뒷다리의 힘으로 밀어내는
네 귀는 발소리를 흉내 내는구나

― 「다시 토끼를 기르는 일」 부분

몸은 외부 세계와 만날 수 있는 실재적인 지점이다. 우리는 몸의 감각을 통할 때, 비로소 외부 세계를 인식하고 소통할 수 있게 된다. 몸을 거치지 않고서는 외부 세계와 소통할 수 없을 뿐만 아니라, 우리라는 실존 역시 존재할 수 없게 된다. 그런데 하기정의 시가 선택한 몸은 보편적이거나 아름다운 모습으로서의 몸이 아닌 경우가 많다. 시인은 이와 같은 몸을 통해 보편적이거나 아름다움과는 거리가 있는 세계를 제시하고, 그러한 세계의 실존이 지니는 의미를 보여주려고 한다.

「다시 토끼를 기르는 일」에 등장하는 다리는 얼핏 볼 경우 보편적인 의미로서의 다리와 다를 바 없어 보인다. 그러나 이때의 다리는 우리가 일상을 통해 경험할 수 있는 서경적 국면의 다리가 아니라, 현실 너머의 영역에 존재하는 심상적 국면으로서의 다리이다. 따라서 「다시 토끼를 기르는 일」의 다리는 현실을 넘어선 비현실을 수용하고 있다고 할 수 있다. "나의 영혼이 너의 두 다리를 좋아해"라거나 "귀처럼 사랑스러운 다리"라니! "나의 영혼이" 사랑하는 "너의 두 다리"가 일반적인 의미를 지니고 있는 다리가 아님은 자명하다. 아울러 "귀처럼 사랑스러운" 다리 역시 우리 몸의 일부로서의 다리라기보다는 상징화된 세계를 표상하는 매개체이다. 하기정이 사용하고 있는 몸의 시어가 모두 그런 것은 아니지만, 하기정의 시가 보여주는 몸의 매력이 이와 같은 표현을 통해 극대화된다는 점은 분명하다.

우리의 교실에서
자위의 국화송이를 바치며
손 말고 성기 말고 말들의 혀 말고
자위의 도구가 얼마나 중요한지 가르치려하지 않았지

144

서로의 얼굴을 살피며 눈을 비비고 부릅뜨면서

날마다 기록을 경신하는 일에

감탄하지

－「브로콜리」 부분

가위를 든 손

허파꽈리에 물풍선을 달아 놓은 당신

흰 시트에 나보다 먼저 태어난 아이가

주르륵 흘러요

눈썹을 도려낸 서쪽 이마에

반달로 부릅뜬 당신

나는 방패를 버리고 고슴도치처럼 화살을 등에 심어요

정글을 달리다 넘어지면

그대로 심장에서 오이 넝쿨

혈관에 빨대를 꽂고 무럭무럭 정글을 덮어요

－「디에고」 부분

「브로콜리」와 「디에고」 역시 일반적인 몸의 상징 대신 하기
정만의 개성적인 몸의 상징을 시 속에 배치했다. 두 편의 시
에 등장하는 몸은 보편적인 육체의 상징을 드러내지 않는 대
신 끔찍한 몸의 시학을 선보임으로써 불행과 파국으로서의
몸을 형상화해냈다. 「브로콜리」는 자위와 성기라는 육체성을
제시함으로써 몸이 제시하는 불안과 미완의 감각을 보여주고
있으며, 「디에고」는 비극의 세계로 전이된 육체를 통해 부조

리와 파국의 단면을 제시한다. 물론 하기정 시의 몸이 언제나 이와 같은 부조리와 불안의 섬뜩함을 전제하는 것은 아니다. 하지만 상당수의 시에 이러한 양상을 드러내며 시인 자신만의 특별한 몸의 시학을 완성해 나가려 한다.

낯익은, 그리하여 낯선 세계의 탄생

하기정의 시가 언어의 낯선 결합과 개성적인 몸을 통해 감각적인 세계를 펼쳐 보이는 것과는 별개로, 그의 시는 자연과 연관된 표현이 상당수 포착된다. 그러나 하기정 시의 자연은 우리가 흔히 떠올리는 보편적 아름다움으로서의 자연에 머물지 않는다. 하기정 시의 매혹은 보편적 자연과 서정적 세계를 통해 발현되는 것이 아니다. 그의 시는 서정적 세계와 자아를 끊임없이 배반하려는 가운데 탄생하며, 일반적인 자연을 넘어서는 감각을 통해 지배적 정서의 극대화를 꾀하게 된다.

가로등이 모리배를 이끌고

꽃다발을 엮고 있는

그 밤에

우리는 유리 상자 속에서 보트를 탔지

폭우가 쏟아지는 그 밤에 말이야

단지, 과일이 먹고 싶었을 뿐인데

과육의 흰 살을 기대하며, 그저 그날 밤에

사과면 어떻고 오렌지면 어땠을까,를

반복재생하면서

노를 저어갔지

단지 그 밤에 과일이 먹고 싶었을 뿐인데 말이야

붉은 과육을 그리면서 그리워하면 안 되나,를

반복재생하면서

우린 서로에게 포크를 겨누었었나?

— 「단지, 과일이 먹고 싶은 밤」 부분

하기정의 시에 등장하는 자연 중에서 우리의 마음을 사로 잡는 것은 보편적 자연이 주는 정서를 노래할 때가 아니다. 오히려 보편적 정서의 자연을 벗어나 있을 때, 하기정 시의 자연은 빛을 발하게 된다. 하기정 시의 적지 않은 곳에서 이와 같은 자연의 모습을 확인할 수 있는데, 그것은 당연히 아름답고 평화로운 대상으로서의 자연이 아니다. 따라서 이때의 자연은 우리가 돌아가야 할 삶의 근원으로서의 자연 역시 아니다. 그것은 불안과 초조, 불확실성과 공포, 폐허와 연민으로서의 자연이다.

'꽃다발, 폭우, 과일, 사과' 등의 자연은 '가로등, 유리 상자, 보트, 포크' 등의 도시적 사물들과 접점을 이루며 일반적 자연이라는 범주를 벗어나게 된다. 결국, 하기정 시의 자연이 매혹을 획득하게 되는 경우는 자연 자체의 단편적인 이미지를 소비할 때가 아니다. 하기정의 시는 기존의 양상을 거부하고 극복하고자 할 때, 하나의 확고한 개성과 의미 있는 지점을 확보하게 된다. 이러한 특성은 다음의 시에서도 확인할 수 있다.

숲의 소란들로 덫에 걸린 줄 알면서 뿔을 길렀지 일격에 받거나 가죽을 물어뜯을 송곳니를 세우면서 뿔을 키웠지 뿔이라고 생각하면서 이빨을 갈았지 각축을 벌이며 먹이를 거냥한다고 생각했지 마냥 공격하는 자세로 방어하면서 그냥 빠져나올 줄 알았지 이빨을 받으려고 뿔을 물었지 꿈을 바꿀 때마다 새 뿔이 자랐지 그냥저냥 마냥 과녁이라 설정하면서 뿔이나 길렀지 이빨이 뿔인 줄 알면서 뿔이 이빨인 줄 알면서 소란을 키워갔지 덫은 도처에서 비온 뒤 죽순처럼 뿔을 닮아갔지 내가 그린 꿈의 장면에서 컷을 외치며 뿔을 잘랐지 잠이 꿈인 줄도 모르고 꿈이 잠인 줄도 모르고

—「자각몽」 전문

저녁에 이삿짐을 꾸리는 고단한 새의 발톱을 본 적이 있다
달빛이 무거워 오동꽃이 쏟아지는 밤이었다
나무둥치 어디쯤 세간들이 사다리차를 타고 내려오다 문득 멈출 때
바람이 새는 빈 방을 마지막으로 점검하듯 덜커덩거릴 때
비죽 튀어나온 숟가락의 어금니가 아려오는 것
늦은 밤 빈 부리로 돌아오는 어미 새의 눈빛 같은 것
그때 둥지를 엮었던 마른 풀잎의 뒤척이는 소리를 들었다
둥지는 바람 속에서 흙의 색을 닮았다

(중략)

새들은 국경을 꿈꾸었을 것이다
이사 온 저녁의 첫 밤을 짊어지며 서로의 허전한 내장을

부리로 쪼아대다가 좁은 어깨를 포개고 잠을 청한 날들

달빛을 비추면 동사무소 서랍엔 씨를 발라낸

마른 버찌들이 달그락거릴 때 깃털의 젖은 물기를 말리곤 했을 것
이다

어떤 색깔의 공기를 만나도 부패할 일 없다는 듯이

그 아침 내내 간밤에 꾼 꿈을 점검하다 등본을 새긴 줄이 늘어갈수
록

문서의 귀퉁이가 바람에 닳고 있다는 것을 안다

–「저녁의 이사」 부분

불안과 폐허로서의 자연의 모습에서 우리는 몸에서 느꼈던
부조리한 모습을 상기하게 되기도 한다.「자각몽」과 「저녁의
이사」는 이러한 불안과 폐허를 보여주는 빼어난 사례인데, 하
기정의 시는 이와 같은 불안과 폐허를 내세워 시집 전반을 이
끌고자 한다.

특히 아름다운 수사를 불안과 폐허와 혼재시킴으로써 시의
매혹을 극대화한다. 이 시집을 읽고 나서 여러분이 서정과 전위,
긍정과 부정, 아름다움과 폐허 등의 혼란을 경험했다면 『밤의
귀 낮의 입술』은 성공을 거둔 셈이리라. 또한, 시인은 이와 같
은 양가적 감정의 경계에 자신만의 시적 영토를 굳건히 마련
한 것이리라.

「자각몽」에서처럼 모든 불온과 공포와 비애가 몰려오는 순
간 하기정 시의 영토는 더욱 확장되며 시적 완결성을 획득하게
된다. 그리고 이러한 이율배반의 감각 속에서 비로소 「저녁의

이사」와 같은 아름다움의 완성은 우리 앞에 당도하게 된다. 그리하여 바로 여기에『밤의 귀 낮의 입술』의 아름다움이 비로소 탄생하게 되는 것이다.

시인 하기정

1970년 전북 임실에서 태어나 우석대 대학원 문창과를 졸업했다. 2007년 5·18문학상을 수상했으며 2010년 영남일보 신춘문예에 시「구름의 화법」이 당선되었다. 제7회 작가의 눈 작품상과 제10회 불꽃문학상을 수상했다.

모악시인선 7

밤의 귀 낮의 입술

1판 1쇄 펴낸 날 2017년 8월 31일
1판 2쇄 펴낸 날 2018년 4월 2일

지 은 이   하기정
펴 낸 이   김완준
펴 낸 곳   모악
기획위원   문태준, 손택수, 박성우
디 자 인   제현주
출판등록   2016년 1월 21일 제 2016-000004호
주   소   전북 전주시 덕진구 기린대로 418 전북일보사 5층 (우)54931
전   화   063-276-8601
팩   스   063-276-8602
이 메 일   moakbooks@daum.net

I S B N   979-11-88071-04-3 03810

* 이 도서의 국립중앙도서관 출판예정도서목록(CIP)은 서지정보유통지원시스템 홈페이지(http://seoji.nl.go.kr)와 국가자료공동목록시스템(http://www.nl.go.kr/kolisnet)에서 이용하실 수 있습니다.(CIP제어번호: CIP2017020531)

* 이 책의 내용을 재사용하려면 지은이와 모악의 서면 동의를 받아야 합니다.

* 이 책은 2017 전라북도 문화관광재단 지역문화예술 육성지원사업의 지원을 받았습니다.

값 8,000원